W9-CHX-525

JSR 4W3

La princesse Azara et l'affreux génie

L'illustrateur : Philippe Masson, né à Rennes en 1965, est issu d'une famille de marins bretons. Actuellement, il vit à Tours avec son amie et ses deux enfants, Lucas et Mona. Il réalise les dessins de « La Cabane Magique » aux Éditions Bayard Jeunesse.

À *Alice Buchanan*

Titre original : *The Whispering Princess*
© Texte, 2006, Working Partners Ltd.
Série créée par Working Partners Ltd.
Tous droits réservés.
Reproduction, même partielle, interdite.
© 2007, Bayard Éditions Jeunesse pour la traduction française et les illustrations.

Conception et réalisation de la maquette : Éric Doxat.
Suivi éditorial : Karine Sol.

Loi n° 49 956 du 16 juillet 1949
sur les publications destinées à la jeunesse.
Dépôt légal : mai 2007 – ISBN 13 : 978 2 7470 2157 9.
Imprimé en Allemagne par Clausen & Bosse.

La princesse Azara et l'affreux génie

Katie Chase

Traduit et adapté de l'anglais par Anne Delcourt
Illustré par Philippe Masson

BAYARD JEUNESSE

La lettre

— Vivement qu'on arrive au château ! marmonna Cléa, le nez collé à la vitre de la voiture.

Dans la campagne écossaise qui défilait, les montagnes se dressaient telle une apparition, toutes mauves de bruyère, leurs sommets drapés d'une écharpe de brume.

— Tante Clarisse voulait changer la décoration dans la grande salle, reprit la petite fille. Je me demande comment c'est, maintenant. Et puis, il va faire froid ; le soir, on pourra allumer du feu dans la cheminée.

Comme au Moyen Âge, avec de grandes flammes qui sautent et qui crépitent ! Et moi, je vais vivre comme une vraie princesse !

Sa mère, assise à l'avant, se retourna.

– En voilà, une bonne nouvelle ! lança-t-elle d'un air taquin. Ma fille compte se conduire en princesse, désormais !

– Tante Clarisse m'appelle déjà sa « petite princesse », fit remarquer Cléa. Sauf que les princesses n'ont sûrement pas les mêmes cheveux que moi…

Avec un soupir, elle essaya en vain de lisser ses boucles folles aux reflets roux.

Lucas, son petit frère de cinq ans, s'agita dans son siège-auto.

– Oh, non ! protesta-t-il en grimaçant. Alors, moi, je vais être un prince ? Je veux être footballeur !

– Toi, tu n'es qu'une canaille ! répliqua Cléa.

Elle se pencha vers lui pour le chatouiller, et il riposta en lui tirant sans pitié une mèche de cheveux.

– On est bientôt arrivés, papa ? gémit-il pour la centième fois.

M. Campbell leva les yeux au ciel, et ne jugea pas utile de répondre.

– Clarisse est quand même incroyable ! dit Mme Campbell d'un ton admiratif. Je ne connais personne d'autre qui serait capable, de partir comme elle sur un coup de tête. Une vraie aventurière !

Cléa approuva énergiquement. Elle adorait sa grand-tante. Avec ses longues jupes, ses immenses foulards et ses bracelets qui tintaient, c'était une vieille dame pétillante, toujours pleine d'énergie et de nouveaux projets.

Cléa avait passé les trois étés précédents chez elle, et ne s'était pas ennuyée une seconde. La dernière fois, juste après son neuvième anniversaire, elles avaient pique-niqué dans la bruyère, observé à la jumelle les cerfs et les oiseaux, fait du cheval dans les collines et de la voile sur les eaux glacées du lac.

Mais le moment préféré de Cléa, c'était le soir, quand sa tante lui racontait des histoires devant le feu qui ronronnait dans la cheminée.

« Dans une histoire, il faut qu'il y ait de la magie et du mystère ! soutenait Clarisse. Sinon, je n'appelle pas ça une histoire. »

La vieille demeure écossaise lui venait de son père, l'arrière-grand-père de Cléa, qui avait passé une partie de sa vie à explorer le monde. Il en avait rapporté toutes sortes d'objets étranges et merveilleux, qui meublaient à présent le château. Clarisse avait suivi ses traces, sillonnant tantôt la Norvège, tantôt le Japon…

Cette fois, elle partait pour un tour du monde de deux ans, en quête d'autres trésors. Et elle avait proposé aux parents de Cléa de s'installer au manoir afin de s'en occuper en son absence.

Cléa avait eu un peu de mal à quitter ses camarades. Mais l'idée d'aller vivre dans un château, même sans Tante Clarisse, l'enchantait. Et puis, ce serait génial d'inviter ses amies pour les vacances ! Sa tante lui avait vanté les mérites de l'école du village, pourtant elle était inquiète à l'idée de ce changement.

« Bah, songea la fillette, de toute façon, pour le moment, c'est les vacances. On verra dans dix jours. »

– Et maintenant, papa, on est bientôt arrivés ? geignit Lucas.

– On y est ! s'exclama triomphalement M. Campbell, alors qu'il tournait pour s'engager dans une longue allée sinueuse.

Cléa retint son souffle en guettant l'apparition du domaine de sa grand-tante. Un instant plus tard, au détour d'un virage, le grand château de pierres grises se détachait majestueusement sur le ciel bleu. Avec sa grosse tour ronde et ses quatre petites tourelles, il ressemblait à un château de contes de fées.

Dans le parc, un lac scintillait au soleil.

M. Campbell se gara devant le perron.

– Wahou ! s'écria Lucas en sautant de la voiture. Ça va être super pour jouer à Robin des Bois ! Je fais le tour du château en courant pour voir combien de temps ça prend !

Et il disparut au coin de la vieille bâtisse, ses baskets crissant sur le gravier.

Tandis que M. Campbell ouvrait le coffre pour décharger les valises, sa femme se dirigea vers la lourde porte en chêne et tourna une grosse clé à l'ancienne dans la serrure en fer.

Cléa franchit le seuil et s'arrêta.

La grande salle était à la fois imposante et confortable, avec son énorme cheminée de pierre, encadrée des deux canapés moelleux aux coussins bariolés.

La pièce était remplie de meubles et d'objets provenant des quatre coins du monde. Il y avait des vases peints, un bataillon de porcelaines bleues et blanches alignées sur une commode en chêne, un épais tapis persan à franges, et des armoires, et des tables, croulant sous les livres reliés de cuir et les verreries colorées. Aux murs pendaient de grandes tapisseries du Moyen Âge.

Cléa remarqua dans un coin un nouveau

coffre, ainsi qu'un immense miroir au-dessus de la cheminée. Elle alla d'un objet à l'autre, examinant avec curiosité ceux qu'elle n'avait jamais vus : une collection de coquillages tropicaux couleur d'ivoire, un délicat service à thé en porcelaine rouge et or, et un éventail en plumes d'autruche.

En ressortant pour aller aider ses parents, elle faillit percuter Lucas, qui finissait son tour du château, toujours au pas de course.

– Ça y est ! annonça-t-il, essoufflé. Devine combien de temps j'ai mis ?

– Heu… sept minutes ? lança Cléa au hasard en le retenant par le bras. Si tu nous aidais un peu à décharger, Robin des Bois ?

– D'accord ! Je vais chercher mes jouets !

Il fila à la voiture, où il plongea la tête la première dans le coffre et commença à farfouiller dans les sacs et les paquets.

– Argh ! Je ne les trouve pas ! ronchonna-t-il. Ils sont où ?

– Dans les cartons marqués « Jouets de Lucas », bêta ! dit sa sœur, exaspérée. Maman, je peux dormir dans la même chambre que d'habitude ?

– Mais oui, ma puce. Tu veux bien monter quelques affaires, s'il te plaît ? Sans trop te charger !

Cléa s'empara de son sac à dos. Puis, abandonnant Lucas à ses recherches, elle s'engouffra dans l'une des tourelles et monta l'étroit escalier en colimaçon jusqu'à une petite chambre ronde, perchée tout en haut – SA chambre.

Elle ouvrit la porte et promena sur la pièce un regard ému. C'était la chambre de sa tante quand elle était petite. Cléa adorait la façon dont les meubles suivaient la courbe des murs. Le plafond était décoré d'oiseaux et de papillons peints en couleurs vives, qui voletaient au milieu des nuages blancs et duveteux. La pièce était éclairée par deux hautes fenêtres en ogive, dont l'une donnait sur les eaux du lac.

Soudain, Cléa remarqua une lettre posée sur l'oreiller joufflu du vieux lit en bois.

« C'est sûrement un mot de Tante Clarisse ! » pensa-t-elle, intriguée.

Elle prit la feuille de papier, la déplia et lut :

Ma petite princesse,

J'espère que tu seras très heureuse dans mon château (ou plutôt ton château) pendant ces deux années. Prépare-toi à y vivre toutes sortes d'aventures, et tiens-toi toujours prête pour de nouvelles surprises ! Et, surtout, n'oublie pas de relire cette lettre ce soir, devant la cheminée !

Ta tante Clarisse qui t'aime

Cléa frémit d'excitation. Que mijotait donc sa grand-tante ? Et pourquoi devait-elle relire la lettre ce soir ? En tout cas, elle était bien décidée à suivre ses instructions. Car il allait forcément se passer quelque chose d'intéressant !

– Cléa !

C'était Lucas. Déjà, il apparaissait en haut de l'escalier de pierre, hors d'haleine, les cheveux en bataille.

Cléa glissa soigneusement la lettre dans sa poche. Elle était pressée d'être ce soir !

– Je peux voir ta chambre ? demanda son frère.

Il entra sans attendre la réponse, et fit plusieurs fois le tour de la pièce en courant comme un champion dans un stade.

– Wahou ! Elle est géniale ! Moi aussi, je veux une chambre toute ronde !

– Il y en a une dans l'autre tourelle. Viens, je vais te montrer !

Sur le palier, ils tombèrent nez à nez avec leur père, qui atteignait péniblement le haut des marches en hissant une grosse valise.

– Bon sang, Cléa, qu'est-ce que tu as fourré là-dedans ? Une tonne de briques ou quoi ? gémit-il.

Cléa gloussa avant de dévaler l'escalier, Lucas sur les talons.

La famille Campbell passa le reste de l'après-midi à s'installer. Cléa avait toutes ses affaires à ranger sur les étagères arrondies. Et comme Lucas, sous prétexte de l'aider, vidait une à une ses boîtes de jeux, elle crut qu'elle n'aurait jamais fini !

Heureusement, ce fut l'heure de dîner, et dès que leur mère les appela, Lucas dévala l'escalier et se précipita à la cuisine.

En descendant à son tour, Cléa trouva son père en train d'allumer le feu dans la cheminée de la grande salle. Elle s'approcha pour tendre les mains vers les flammes, fascinée.

– Bon, à table ! dit son père en se relevant. Le dîner va refroidir. Je meurs de faim !

– Moi aussi ! fit Cléa en humant l'air. En plus, ça sent les spaghettis bolognaise : mon plat préféré !

Dans la cuisine dallée de pierres, une cuisinière diffusait une douce chaleur.

Lucas était déjà installé, devant une grosse assiette de pâtes.

– Quel goinfre ! Laisses-en pour les autres ! le taquina sa sœur en s'asseyant à côté de lui.

À la fin du repas, le petit garçon luttait de toutes ses forces pour garder les yeux ouverts.

– Au lit, fiston, ordonna son père.

Il souleva Lucas de sa chaise, le hissa sur ses épaules et l'emmena se coucher d'un pas militaire.

Pendant que sa mère faisait la vaisselle, Cléa regagna la grande salle. Le feu avait pris de la puissance, et les flammes dessinaient sur les murs de longues ombres mouvantes. Cléa se lova confortablement au creux d'un des canapés, à côté de la cheminée.

En se tortillant sur les coussins pour trouver la meilleure position, elle entendit un léger bruissement de papier dans sa poche. Elle se redressa d'un bloc.

Tout ce remue-ménage lui avait fait oublier la lettre ! Et voilà qu'elle se tenait devant la cheminée : il était temps de la lire.

Cléa sortit la feuille de sa poche et la scruta

en plissant les yeux. Rien ne se produisit. Elle avait beau ne pas savoir à quoi s'attendre, elle se sentit un peu déçue. Elle tourna la feuille vers les flammes pour l'éclairer.

Soudain, elle cligna des paupières. Avait-elle des visions ? Entre les lignes du message, de nouveaux mots venaient de surgir, tracés de la main de Tante Clarisse.

2

Message secret

Cléa sentit son cœur battre plus vite. Un message secret était en train d'apparaître sous ses yeux !

Au début, l'encre était très pâle, et Cléa n'arrivait pas à déchiffrer les mots. Mais peu à peu, sous l'effet de la chaleur, ils devinrent plus sombres. Sa grand-tante avait dû se servir d'une encre invisible ! Cléa lut :

Cherche les princesses cachées dans le château. Quand tu en auras trouvé une, fais la révérence et dis-lui bonjour !

Qu'est-ce que ça voulait dire ? Qui étaient ces mystérieuses « princesses » ? Où pouvaient-elles bien être ?

Cléa se leva d'un bond. Elle allait se lancer en quête d'une princesse lorsque sa mère entra en bâillant :

– C'est l'heure d'aller au lit, Cléa.

– Oh, maman ! gémit la fillette. Je n'ai pas du tout sommeil ! S'il te plaît, je peux rester un peu ?

Elle était bien trop pressée de découvrir une princesse pour patienter jusqu'au lendemain !

– Pas de discussion, trancha sa mère.

Elle la poussa doucement hors de la pièce :

– Il est presque neuf heures, et tu as eu une journée fatigante. Tu peux lire quelques minutes avant d'éteindre, si tu veux.

Cléa comprit qu'il était inutile d'insister. En montant l'escalier, elle se consola à l'idée qu'elle pourrait au moins inspecter sa chambre. Elle ouvrit vivement la porte et fouilla la pièce des yeux, dans le fol espoir qu'une princesse surgirait de nulle part.

Or, tout était parfaitement normal. À la hâte, Cléa enfila son pyjama et se brossa les dents devant le petit lavabo.

Puis elle passa en revue chaque meuble et chaque objet de la chambre, ainsi que les grandes tapisseries accrochées au mur représentant des bois peuplés de daims et de lapins. Elle examina un à un les détails sculptés de la grosse armoire en chêne, sans plus de succès.

Cléa ne se déclara pas vaincue pour autant. Elle arpenta la pièce, vérifia chaque recoin, en vain. Soudain, elle entendit sa mère, et sauta dans son lit.

– C'est bien, ma puce, tu es déjà couchée, la félicita Mme Campbell en entrant. Lucas s'est tellement dépensé aujourd'hui qu'il s'est endormi comme une bûche. Bonne nuit, mon ange.

Elle se pencha pour embrasser sa fille :

– Et n'oublie pas, extinction des feux dans cinq minutes !

– D'accord, marmonna Cléa.

Mme Campbell redescendit. Cléa, qui n'avait aucune envie de dormir, resta allongée, les yeux grands ouverts, à fixer le plafond.

« Ça marche peut-être comme dans un puzzle, pensa-t-elle tout à coup. Si ça se trouve, il y a une princesse cachée dans les dessins du plafond, et, à force de regarder, je finirai par la découvrir ! »

Alors, elle garda les yeux rivés sur les oiseaux, les papillons et les petits nuages. Cependant, les secondes passèrent sans que rien n'apparaisse. Cléa se résigna à remettre ses recherches au lendemain.

– Je ne vais jamais réussir à fermer l'œil ! grommela-t-elle. Je ne peux pas m'arrêter de penser à cette histoire.

Elle tendit la main pour éteindre la lumière de sa lampe de chevet… et suspendit son geste. Il y avait UNE chose dans sa chambre à laquelle elle n'avait pas fait attention. C'était le superbe tapis persan étalé au pied de son lit.

Cléa se redressa comme un ressort et se pencha sur le bord de son lit pour l'examiner. C'était un vieux tapis, mais ses couleurs luisaient tels des bijoux à la lumière de la lampe.

Bordé d'une frange de fils bleus et jaunes, il représentait un paysage de dunes dorées

et, au loin, derrière le désert, une haute
montagne enneigée. À son sommet, Cléa
remarqua une drôle de lueur, comme une
étoile tombée dans la neige, d'où s'élevait
une volute de fumée.

Vers le bas du tapis s'étendait une ville
blanche aux ruelles tortueuses. Au-dessus
des dômes et des minarets se dressait un
palais blanc finement sculpté, entouré d'un
jardin foisonnant d'arbres, de fleurs et de

fontaines. Et, dans le ciel sans nuages, une fille très jolie aux longs cheveux noirs et au visage triste filait avec le vent sur un tapis volant.

– Ça y est ! J'ai trouvé une princesse ! s'exclama Cléa dans un sursaut.

Elle bondit hors du lit et se posta bien en face du tapis. Le cœur battant, elle s'inclina en une profonde révérence.

– Bonjour ! lança-t-elle en regardant la princesse droit dans les yeux.

Aussitôt, une douce brise chaude s'éleva du tapis, chargée de milliers de petits grains de sable brillants comme des pépites d'or. Le vent

s'enroula en spirale autour
de Cléa et se mua en un
puissant tourbillon, qui
envahit la chambre et
fit voler les cheveux
de la petite fille. Cléa
retint sa respiration.
Elle ferma les yeux et
enfouit la tête dans ses
mains pour se protéger du
sable qui lui fouettait
le visage. Le vent
sifflait dans ses
oreilles, tournoyant
toujours plus vite.
Puis il la souleva de
terre et l'emporta
dans les airs.

3

La princesse Azara

Sentant ses pieds toucher le sol, Cléa retira les mains de son visage.

– Oh ! souffla-t-elle, stupéfaite.

Elle se trouvait au milieu d'un jardin… parfaitement semblable à celui de son tapis. Il était encore plus beau dans la réalité, plein d'odeurs, de couleurs et de chants d'oiseaux.

Des buissons d'hibiscus mêlaient leurs grosses taches rouges au blanc éclatant des roses et du jasmin grimpant. Toutes ces fleurs embaumaient l'air. Des paons se pava-

naient dans les allées. Une cascade jaillissait d'une fontaine de marbre et retombait dans un bassin octogonal, carrelé de mosaïques vertes et bleues. Cléa surprit dans l'eau le reflet doré d'un poisson rouge, qui fila se réfugier sous un gros nénuphar.

– Incroyable ! fit-elle, les yeux écarquillés.

– Bonjour, murmura une voix derrière elle.

Cléa se retourna. Une fille de son âge la
regardait en souriant. Elle avait des cheveux noirs qui lui tombaient jusqu'au bas
du dos, et de grands yeux noisette un peu
tristes. Elle portait un pantalon bouffant,
brodé de perles et de fils d'or, un riche
caraco de soie bleu et vert, et une pochette
assortie en bandoulière. Une émeraude en

forme de larme brillait sur son front, suspendue à une très fine couronne en or posée sur son turban. Une clochette d'argent attachée à son poignet tintait à chacun de ses mouvements.

Cléa la reconnut aussitôt.

– Tu es la princesse de mon tapis ! s'écria-t-elle, éberluée. Où sommes-nous ?

L'inconnue parut interloquée :

– Dans les jardins du palais, voyons !

Elle parlait d'une drôle de voix étouffée, et Cléa se demanda si elle n'était pas malade.

– Oui, mais où ? insista-t-elle.

Elle s'aperçut alors qu'au lieu de son pyjama elle était vêtue d'un caraco lilas, d'un pantalon bouffant et d'un turban, exactement comme la princesse.

– Nous sommes en Perse, répondit la fille, l'air de plus en plus étonné.

Cléa se souvenait que Tante Clarisse lui avait raconté une histoire qui se déroulait en Perse. N'était-ce pas un de ces pays de l'histoire ancienne ?

– Je suis la princesse Azara, reprit l'inconnue. Bienvenue au palais ! Comment es-tu arrivée ici ?

Cléa éclata de rire :

– Oh, c'est difficile à croire ! Par la magie ! Je m'appelle Cléa. Ma grand-tante Clarisse m'a laissé une lettre, où elle me demandait de chercher des princesses dans son château, et…

–Tu as bien dit Clarisse ? l'interrompit Azara. Ma grand-mère m'a raconté qu'une fille lui rendait souvent visite quand elle était petite. Elle s'appelait justement Clarisse ! Ça devait se passer il y a une cinquantaine d'années. Il leur est arrivé toutes sortes d'aventures.

– C'était sûrement ma grand-tante ! s'exclama Cléa. Ça veut dire qu'elle est venue ici avant moi ?

Azara fit oui de la tête :

– Elles ont fini par comprendre que

Clarisse venait du futur ! Ta grand-tante appelait notre pays la Perse ancienne.

Cléa n'en revenait pas. Tout cela était de la pure magie !

– Et puis, Clarisse a cessé ses visites, poursuivit Azara. La magie ne doit plus marcher quand on grandit.

– Et aujourd'hui, me voilà ! lança Cléa en prenant la main d'Azara. On pourrait peut-être devenir amies, comme Tante Clarisse et ta grand-mère ?

Le visage d'Azara s'illumina :

– Ça me ferait très plaisir ! Je n'ai aucun ami.

– C'est pour ça que tu as l'air triste ? J'ai cru que tu étais malade.

– Tu dis ça à cause de ma voix ? soupira Azara. Non, je ne suis pas malade, mais je ne peux pas parler plus fort. C'est de la faute d'Abdoul, un mauvais génie qui m'a jeté un sort.

– C'est horrible ! fit Cléa, consternée. Viens, allons nous asseoir, et tu vas tout m'expliquer.

Elle la conduisit jusqu'à un banc de marbre au milieu des fleurs, et Azara entama son récit :

– Abdoul était enfermé dans sa lampe depuis des dizaines d'années. Un jour, en rusant, il a réussi à persuader quelqu'un de le libérer. Ensuite, grâce à ses pouvoirs, il a emprisonné mon père dans les cachots du palais et s'est emparé du royaume. Toute la ville le déteste, parce qu'il est méchant et égoïste, et qu'il entre dans des colères terribles !

– Pourquoi t'a-t-il pris ta voix ?

– Parce que je connais la chanson qui fait

décoller le tapis volant. Ma grand-mère me l'a apprise quand j'étais petite, et depuis qu'elle est morte, je suis la seule à savoir la formule. Sans ma voix, je ne peux pas m'en servir. C'est comme si Abdoul me retenait prisonnière au palais. Ainsi, il est sûr que je ne peux rien faire contre lui.

– Quel horrible bonhomme ! s'indigna Cléa.

– Attends, ce n'est pas tout ! ajouta Azara.

Elle remua son poignet, qui tinta bruyamment.

– En plus, il m'oblige à porter cette clochette d'argent qui lui signale mes moindres déplacements. Il l'a même envoûtée pour que je ne puisse pas la retirer !

4

Le génie Abdoul

— Il doit y avoir un moyen de lui enlever ses pouvoirs, supposa Cléa.

— Oui, seulement il faudrait l'enfermer de nouveau dans sa lampe, répliqua la princesse. Et personne ne sait où il l'a cachée. Sans ma voix pour chanter la formule, pas de tapis volant. Sans tapis volant, aucune chance de retrouver la lampe.

Cléa lui tapota le bras pour la réconforter :

— Puisque tu ne peux rien faire sans ta voix, on doit commencer par la reprendre à Abdoul !

– Il la garde dans un flacon pendu à son cou. J'ai essayé plusieurs fois de le lui voler dans son sommeil. Hélas, le tintement de la clochette le réveille dès que je m'approche de lui !

– Moi, je ne porte pas de clochette ! rappela triomphalement Cléa en agitant les poignets. On attendra qu'il dorme à poings fermés, et, hop ! je lui prendrai le flacon !

Les yeux d'Azara brillèrent :

– Oh, merci, Cléa ! Tu es la seule qui soit prête à m'aider. Les serviteurs du palais refusent de s'opposer à Abdoul. Ils ont trop peur de lui !

– Eh bien, pas moi ! dit Cléa d'un ton assuré.

– LE GÉNIE DE L'ANNNEAU OSE ME DÉFIER ? POUR QUI SE PREND-IL ? rugit soudain une voix quelque part dans le palais.

Cléa sursauta.

— C'est… c'est Abdoul ? bafouilla-t-elle nerveusement.

— Eh oui, soupira Azara. Il doit encore être en train de passer sa mauvaise humeur sur quelqu'un. D'ailleurs, il ne sait pas ouvrir la bouche sans hurler.

— Allons voir ce qui se passe, proposa Cléa sans se démonter. En même temps, on réfléchira au meilleur moyen de s'y prendre.

— On doit faire attention, Cléa, l'avertit Azara en se levant pour lui montrer le chemin. Abdoul n'est pas très malin, mais sa magie est très puissante.

Elles entrèrent dans le palais et empruntèrent un couloir de marbre aux murs ornés de portraits de sultans.

En s'approchant de la salle du trône, elles entendirent Abdoul vociférer.

– Ce Jabbar n'est qu'un imbécile ! Ha ! Il se croit plus fort que moi, uniquement parce qu'il a réussi à s'échapper de l'anneau magique ! Attendez que je le change en crapaud ou en serpent !

– Abdoul déteste Jabbar, le Génie de l'Anneau, expliqua Azara. Il a tellement peur de perdre son royaume qu'il veut être le seul à avoir des pouvoirs magiques.

Les deux amies étaient parvenues devant une grande porte dorée à deux battants, dont l'un était entrebâillé. Elles jetèrent un coup d'œil à l'intérieur.

La salle du trône était éblouissante, avec ses colonnes de marbre blanc et son carrelage de mosaïques bleu et or.

Au fond, sur une estrade de marbre, se dressait un trône en or massif sculpté en forme de queue de paon. Le génie arpentait la pièce d'un pas lourd, sa large carrure serrée dans un gilet de soie rouge. Cléa découvrit avec effroi qu'il avait la peau verte comme celle d'un serpent. Ses yeux noirs, profondément enfoncés dans leurs orbites, lançaient des éclairs de feu.

Il apostropha deux serviteurs qui se recroquevillaient dans un coin :

– Vous deux ! Ne suis-je pas le plus puissant génie du monde ?

– Oh si, ne… maître, bafouillèrent-ils, paralysés de terreur.

– Bah, qu'est-ce que vous y connaissez, à la magie, de toute façon ? gronda-t-il. Sortez, incapables !

Tandis qu'ils se sauvaient sans demander leur reste, Abdoul saisit une orange dans un compotier et la jeta sur l'un des serviteurs en pointant le doigt vers lui.

Un éclair jaillit de son index, zébra la pièce dans un crépitement sinistre et frappa le serviteur dans le dos. Le malheureux se changea sur-le-champ en une grosse orange

toute ronde, qui roula sur le carrelage. Son compagnon se précipita hors de la salle et s'appuya en chancelant contre le mur du couloir.

– Tu n'avais pas exagéré, chuchota Cléa. Ce génie est un monstre !

Comme elle observait Abdoul qui faisait les cent pas en se mordillant furieusement la moustache, elle repéra sur sa poitrine le fameux flacon d'argent, suspendu à une cordelette rouge.

– N'en… n'entrez pas, Votre Altesse, bredouilla le serviteur

à l'adresse d'Azara. Il est d'une humeur épouvantable, aujourd'hui.

– Faites venir les musiciens de la cour, lui suggéra la princesse. Ils réussiront peut-être à le calmer.

Elle se tourna vers Cléa :

– Abdoul aime beaucoup la musique. Il lui arrive même de s'endormir quand les musiciens jouent.

Malgré la peur que lui inspirait le génie, Cléa n'avait nullement renoncé à aider son amie. Une promesse était une promesse ! Si Abdoul s'endormait cette fois-ci, c'était l'occasion ou jamais de passer à l'action.

– Qu'est-ce que j'entends ? tonna soudain Abdoul. On complote dans mon dos ?

Il fonça droit sur la porte, qu'il ouvrit brusquement, et poussa les deux fillettes avec rudesse dans la salle du trône.

Cléa frissonna quand son regard brûlant se posa sur elle.

– Qui es-tu, toi ? aboya-t-il. Une espionne ?

– Je vous présente mon amie Cléa, ô grand magicien, répondit Azara. Ses parents travaillent au palais.

Abdoul fronça ses grands sourcils noirs broussailleux, qui se touchèrent presque au-dessus de son nez, lui donnant un air encore plus menaçant.

– Peux-tu me distraire ? Sais-tu danser ? Sais-tu chanter ? As-tu des pouvoirs magiques ?

– Oh, non, Votre Magicienneté, s'empressa de répondre Cléa. Je ne connais aucun tour de magie.

Le génie parut extrêmement satisfait par cette réponse. À cet instant, des musiciens terrorisés entrèrent en courant, chargés de leurs instruments.

– Jouez-lui quelque chose de doux, leur chuchota Azara.

Elle ramassa délicatement le serviteur

changé en orange, de peur qu'il ne se fasse marcher dessus, et posa le fruit à l'abri, sur le rebord d'une fenêtre.

Les musiciens se dépêchèrent de se mettre en place.

– Alors, qu'est-ce que vous attendez ? glapit Abdoul.

Cléa et Azara sortirent de la pièce à reculons, tandis que les musiciens attaquaient leur morceau.

Bientôt le son des harpes et des flûtes emplit la salle d'une douce mélodie.

Abdoul s'affala sur le trône, sans se départir de son air grognon.

– Hmm, allez, continuez ! bougonna-t-il.

Au bout d'un moment, Cléa et Azara, restées derrière la porte, risquèrent un coup d'œil dans l'entrebâillement et constatèrent qu'il commençait à somnoler.

Le génie ferma les yeux. Dix minutes plus tard, il ronflait bruyamment.

– Il dort, murmura Cléa. C'est le moment !
Ne perdons pas de temps !

Sur un signe d'Azara, les musiciens s'éclip-
sèrent en silence. Abdoul ne broncha pas.

– Je t'en prie, Cléa, fais attention à toi,
supplia Azara.

Après avoir rassuré son amie d'un hoche-
ment de tête, Cléa se glissa par la porte et
avança à pas de loup sur le carrelage de la
grande salle.

Elle monta les marches de l'estrade et
s'arrêta devant le trône. Elle se tenait maintenant si près d'Abdoul qu'il lui suffisait
de tendre la main pour toucher le petit
flacon suspendu à son cou.

Elle passa derrière le génie sur la pointe
des pieds et, tout doucement, entreprit de
dénouer le cordon.

Soudain, Abdoul bâilla et remua.

Cléa se figea comme une statue.

5

Au voleur !

Cléa fut saisie d'une telle panique qu'elle cessa de respirer. Elle resta parfaitement immobile, derrière Abdoul, en priant pour qu'il se rendorme.

Elle voyait Azara qui suivait la scène par la porte entrouverte, pétrifiée.

Au bout de quelques secondes qui parurent à Cléa une éternité, la tête d'Abdoul retomba sur son épaule, et il se remit à ronfler.

« Ouf ! » pensa Cléa, dont le cœur battait à se rompre. Elle défit le nœud du cordon d'une main tremblante, prit avec mille précautions le flacon et rejoignit Azara aussi vite qu'elle le put sans faire de bruit.

– On l'a échappé belle ! souffla son amie.

– À qui le dis-tu ! fit Cléa, encore toute tremblante. Tiens, voici ta voix.

Azara ouvrit le flacon qu'elle lui tendait et le porta à ses lèvres. Un mince ruban de vapeur argentée monta en volutes du flacon, et disparut dans sa bouche.

Avant qu'elle ait eu le temps de parler, un hurlement retentit dans la salle du trône.

– GARDES ! AU VOLEUR ! ON M'A DÉPOUILLÉ !

– Oh, non ! s'écria Azara. Abdoul s'est réveillé, et il a vu que le flacon avait disparu !

Elle posa la main sur sa gorge, incrédule :

– Ma voix ! J'ai retrouvé ma voix !

– Je suis contente pour toi, Azara, chuchota Cléa, mais filons vite d'ici.

Déjà, on entendait les pas lourds du génie s'approcher de la porte.

– Suis-moi ! dit Azara.

Elles coururent jusqu'au bout du couloir, où la princesse ouvrit une porte masquée par un rideau de soie.

Les deux petites filles la franchirent et débouchèrent dans une courette déserte, où tintinnabulait une fontaine d'argent. Un vacarme de cris et de pas s'éleva du côté de la salle du trône : les gardes se précipitaient au secours d'Abdoul.

Sans ralentir, Azara prit la main de son amie et s'élança à travers la cour. Elles pénétrèrent dans une autre aile du palais, et la princesse entraîna Cléa dans un dédale d'arcades et de couloirs.

Puis elles gravirent un grand escalier, avant d'emprunter un nouveau couloir.

Cléa, hors d'haleine, craignait de ne pas pouvoir continuer quand Azara s'arrêta.

La princesse ouvrit une porte d'argent, poussa Cléa à l'intérieur et s'y engouffra avant de la refermer à la hâte.

– C'est ma chambre, annonça-t-elle.

Cléa écarquilla les yeux. C'était une vraie chambre de princesse. Le milieu de la pièce était occupé par un grand lit rond en argent, couvert de coussins de satin et surmonté d'un baldaquin de

soie lilas. Un grand miroir d'argent, incrusté de pierres précieuses, ornait le mur. Quatre imposantes fenêtres en ogive s'ouvraient sur des balcons de marbre sculpté qui donnaient sur les jardins.

Cléa fut tirée de sa contemplation par une sorte de mugissement, comme si un vent puissant s'était mis à souffler dans le couloir.

– C'est quoi, ce bruit ? demanda-t-elle.

– C'est Abdoul ! s'écria Azara. Il arrive !

Cléa tourna la tête vers la porte. Le sifflement se rapprochait.

– Vite, Cléa ! l'appela Azara en s'asseyant en tailleur sur le tapis étalé au pied de son lit. Il faut qu'on sorte d'ici !

Alors qu'elle rejoignait son amie, Cléa reconnut le tapis : c'était celui qui était représenté sur son tapis à elle, dans sa chambre ! Au même moment, la porte s'ouvrit à la volée et Abdoul entra en trombe. Ses yeux lançaient des éclairs.

– Vous pensiez pouvoir m'échapper ? rugit-il.

Il leva la main, et une gerbe d'étincelles fusa en crépitant du bout de ses doigts.

6

Le grand voyage

Tout à coup, d'une voix encore un peu enrouée, Azara entonna un chant étrange :

– Aman amar, arak karam !

Le tapis s'éleva à deux mètres du sol.

Jailli des doigts d'Abdoul, un éclair rougeoyant traversa la pièce et fondit sur elles.

Elles l'esquivèrent de justesse.

– Tamek balam ! psalmodia Azara.

Le tapis fit un bond en avant.

Cléa, qui ne s'y attendait pas, perdit l'équilibre. Elle vacilla, tenta de se retenir à la bordure... et bascula dans le vide.

Ses mains se raccrochèrent au dernier moment à la frange, mais, déjà, les fils de soie lui glissaient entre les doigts.

– À l'aide ! cria-t-elle, affolée.

Alors qu'elle allait lâcher le dernier fil, Azara se pencha en avant et la saisit par les poignets.

– Kirit kandorah ! ordonna-t-elle.

À ces mots, le tapis se dirigea vers la fenêtre la plus proche et sortit comme une flèche, pendant qu'Azara hissait Cléa dessus.

– Merci ! dit celle-ci, encore toute tremblante.

– Vous ne perdez rien pour attendre ! hurla Abdoul.

Cléa jeta un regard inquiet vers le palais :

– Il ne va pas nous suivre ?

La princesse éclata de rire :

– Il est très puissant, mais pas aussi rapide qu'un tapis volant.

– Enfin une nouvelle rassurante ! fit Cléa, soulagée.

Le tapis survolait maintenant à vive allure les jardins du palais.

– Bon, dit Azara en fronçant les sourcils. Cela ne nous dit pas où chercher la lampe d'Abdoul…

Mais Cléa ne l'écoutait pas. Elle avait déjà vu tous ces toits et ces dômes blancs…

Bien sûr : dans sa chambre, sur le tapis persan !

Elle regarda le paysage qui l'entourait. Au-delà de la ville s'étendait un désert de dunes dorées, et plus loin se dressait une haute montagne coiffée de neige.

C'est alors que Cléa repensa à la drôle de lueur qu'elle avait remarquée dans la neige, sur le tapis de Tante Clarisse.

– Azara, s'exclama-t-elle, je sais peut-être où se trouve la lampe d'Abdoul !

La princesse écarquilla les yeux :

– Où ça ?

– À mon avis, elle est cachée en haut de cette montagne. J'en suis presque sûre… J'ai vu une drôle lueur sur mon tapis, chez moi !

– Allons-y tout de suite ! s'écria la princesse, les yeux brillants d'excitation. Amar aman. Karech !

Le tapis vira sur-le-champ pour filer vers la montagne.

Pendant près d'une heure, elles survolèrent
le désert, égayé çà et là par les taches vertes
des oasis. Leurs points d'eau scintillaient
au soleil comme de petits miroirs ; leurs

palmiers lançaient leur tronc droit vers le
ciel. Elles aperçurent même une caravane de
dromadaires qui progressait lentement vers
la ville.

Puis le soleil se coucha, et le ciel se veina de rose et d'or.

La nuit tombait lorsqu'elles arrivèrent à destination. L'obscurité se remplit peu à peu d'une multitude d'étoiles, qui luisaient comme des diamants dans une boîte de velours noir.

Après avoir plané quelques instants au-dessus de la montagne, le tapis se posa en douceur sur le sol enneigé.

Cléa et Azara, n'y tenant plus, bondirent avant même qu'il ait touché terre. Leurs pieds s'enfoncèrent dans une épaisse couche de neige moelleuse.

– Brr, il fait froid ! remarqua Azara. Dépêchons-nous de trouver la lampe avant d'être transformées en glaçons !

Aussitôt, elle entreprit de fouiller la neige autour du tapis, tandis que Cléa escaladait péniblement les rochers vers le sommet. Elle avait de la neige jusqu'aux genoux.

Longtemps, elles inspectèrent le sol à la clarté de la lune, déblayant la neige dans l'espoir d'y découvrir la lampe. Mais elles ne trouvèrent que de gros cailloux. Elles avaient les pieds et les mains glacées ; leurs pantalons étaient trempés.

Cléa commençait à claquer des dents. Plus le temps passait, plus elle était persuadée de s'être trompée.

Découragée, elle était prête à renoncer. Soudain, elle s'immobilisa. Son imagination lui jouait-elle des tours, ou venait-elle d'apercevoir une faible lueur dorée au pied d'un rocher ?

Elle se précipita vers la lueur et plongea la main dans la neige. Sous ses doigts engourdis par le froid, elle sentit quelque chose de lisse et de dur. Elle creusa vivement et là, brillant au clair de lune, apparut la lampe du génie.

7

La lampe magique

— Azara, je l'ai trouvée ! cria triomphalement Cléa.

C'était une lampe en or, à peu près de la
taille d'une chaussure.

La fillette ramassa son butin avec pré-
caution et rejoignit son amie.

— C'est un miracle ! s'exclama la princesse. Merci, Cléa ! Sans toi, je n'aurais
jamais su où chercher !

— P-partons d'ici, m-maintenant, fit Cléa
en claquant des dents. On g-gèle !

Azara mit la lampe dans sa pochette de

soie, et elles coururent se rasseoir sur le tapis volant. Cléa s'agrippa au rebord d'une main ferme tandis que son amie entonnait la formule. Le tapis frémit, s'éleva lentement et repartit dans la nuit étoilée.

– Maintenant qu'on a la lampe, il va falloir y enfermer Abdoul, déclara Azara. Il sait bien qu'une fois à l'intérieur il devra attendre que quelqu'un frotte la lampe pour retrouver sa liberté. Il n'acceptera jamais d'y entrer ! Il ne nous reste plus qu'à ruser. Pour l'emprisonner, il faudrait le persuader de se faire tout petit. Mais je ne vois pas du tout comment !

– Ne t'inquiète pas, la rassura Cléa. On va trouver une idée.

Puis elles se turent et restèrent plongées dans leurs pensées jusqu'aux abords de la ville.

– J'ai peut-être une solution, annonça Cléa alors qu'elles atteignaient le palais.

Seulement, tu devras faire exactement comme moi, même si cela te paraît bizarre.

– Entendu, acquiesça la princesse, intriguée.

Le tapis s'arrêta devant la fenêtre d'Azara, entra en douceur dans sa chambre et atterrit au pied de son lit. Les deux amies étaient encore assises dessus quand elles entendirent un énorme BANG !

Elles furent enveloppées d'un nuage de fumée rouge parsemée d'étincelles, qui les fit tousser. Quand la fumée se dissipa, Abdoul le Génie se tenait devant elle, bouillonnant de rage.

– Je vous tiens ! tonna-t-il. Vous allez apprendre ce qu'il en coûte de désobéir au grand Abdoul !

Cléa tremblait si fort que ses genoux s'entrechoquaient. Pourtant, elle prit son courage à deux mains et se lança :

– Oh, heureusement que vous êtes là ! Vous êtes le seul à pouvoir nous sauver !

– Hein ? fit Abdoul, déconcerté. Qu'est-ce que tu me racontes ?

– Nous avons de très gros ennuis ! enchaîna Cléa sans reprendre son souffle. Un grand et puissant génie – encore plus puissant que vous – est à notre poursuite ! Il veut s'emparer du royaume !

Le génie devint cramoisi de colère.

– Quoi ? rugit-il. Si cet imbécile de Jabbar…

– Il ne s'agit pas de Jabbar, mais d'un génie bien plus puissant ! l'interrompit Azara.

– Oh, oui ! insista Cléa. Il s'appelle…
Lucas. Il a des pouvoirs incroyables ! Il peut
atteindre les nuages, et y prendre des éclairs
pour en foudroyer ses ennemis !

– Facile ! Moi aussi, je sais le faire, se
vanta Abdoul.

Cléa secoua la tête :

– Ça m'étonnerait. Les nuages sont bien
trop haut pour vous ! Vous n'arriverez
jamais à les atteindre !

De rage, le visage d'Abdoul vira au violet.

– Ah non ? hurla-t-il. Eh bien, regardez !

Le génie se mit à tournoyer comme une
toupie. Il tournait, tournait, toujours plus
vite, jusqu'à ce que ses vêtements ne soient
plus qu'un tourbillon rouge.

Puis, sans cesser de tourner, il commença
à enfler et à grandir à toute allure, et s'éleva
au-dessus des fillettes jusqu'à ce que sa tête
touche le plafond. Il était maintenant si grand
qu'elles ne distinguaient plus son visage.

– Il va trouer le plafond ! s'exclama Azara.
Mais Abdoul se tordit tel un serpent, et le
haut de son corps fila par la fenêtre.

Quelques instants plus tard, un coup de tonnerre éclata, d'une telle violence que les deux amies se bouchèrent les oreilles.

– Attention, il revient ! souffla Cléa.

En effet, Abdoul s'était mis à rétrécir. Sa tête et ses épaules réapparurent par la fenêtre, et il reprit bientôt sa taille normale. Il brandit sous leur nez un grand éclair couleur d'argent.

– Alors ? se rengorgea-t-il avec un sourire satisfait. Ne suis-je pas tout aussi puissant que ce… comment s'appelle-t-il déjà… ce Lucas ?

Cléa et Azara prirent un air impressionné.

– C'est incroyable ! s'écria Cléa. Mais je ne crois pas que vous seriez capable de plonger jusqu'au fond de la mer et d'en rapporter une coquille d'huître géante.

– Quoi ? aboya Abdoul, qui perdait patience.

– C'est ce qu'a fait l'autre génie, lui assura

Azara. Il utilise la coquille comme...
comme...

– ... bouclier, se hâta de compléter Cléa.

– J'en suis parfaitement capable ! Un jeu
d'enfant ! fanfaronna Abdoul.

– Ah, vraiment ? fit Azara d'un ton dubi-
tatif.

Abdoul la foudroya du regard et, dans un
nuage de soie rouge, s'envola par la fenêtre
et fonça en direction de l'océan.

Les minutes passèrent.

Enfin, Abdoul revint, tout dégoulinant,
des algues plein les cheveux.

Il arborait fièrement une énorme coquille
d'huître bleu nuit, bordée d'un liseré
argenté.

– Et voilà ! J'ai mon bouclier ! Que ce génie
essaie un peu de m'attaquer ! Je l'attends de
pied ferme.

Cléa et Azara échangèrent un sourire.

– Il n'y a plus de doute, vous êtes un grand

génie, reconnut Cléa. Mais Lucas a également une arme secrète…

– Quelle arme secrète ? brailla Abdoul, exaspéré.

– Un manteau en duvet d'abeille. Et il n'y a rien de plus magique au monde que le duvet d'abeille !

Adboul parut désarçonné.

– Tu es sûre de cela ? marmonna-t-il.

– Absolument ! confirma Azara. Tout le monde le sait ! Pas vous ?

– Évidemment que je le savais ! s'empressa-t-il de répondre. Vous croyez donc qu'il me faut un manteau comme celui-là ?

– Lorsque Lucas porte son manteau, il est totalement invincible ! prétendit Cléa en hochant la tête.

– Je vois…, fit Abdoul d'un air songeur.

Il frappa dans ses mains :

– Serviteurs ! Apportez-moi immédiatement toutes les ruches des jardins du palais !

Cléa et Azara regardèrent les serviteurs aligner les ruches une à une le long des murs de la chambre. La pièce fut bientôt remplie du doux bourdonnement des abeilles et du parfum sucré du miel.

Abdoul prit les ciseaux d'Azara sur sa coiffeuse.

– Je vais bientôt avoir le manteau le plus beau et le plus magique du monde ! jubila-t-il.

Il leva un doigt, et une abeille ne tarda pas à venir s'y poser. Mais à peine avait-il approché les ciseaux de son duvet qu'elle s'envola dans un vrombissement de protestation.

Cléa et Azara durent se retenir de rire tandis que le génie furieux poursuivait les abeilles à travers la pièce. Évidemment, pas une seule ne se laissa attraper.

– Ces ciseaux sont trop gros ! se plaignit Abdoul en les jetant dans un mouvement d'humeur. Il m'en faudrait de tout petits !

– Mais vous ne pourriez pas passer vos doigts dans les anneaux, lui fit remarquer Cléa.

– Ha, ha ! ricana Abdoul. C'est ce que tu crois !

D'un geste de la main, il fit apparaître un nuage de fumée et se mit à rapetisser. En quelques secondes, il était devenu aussi petit qu'une abeille. Puis il pointa un doigt vers les ciseaux, qui rapetissèrent à leur tour.

– Cette fois, je vais pouvoir tondre ces chipies ! se réjouit-il en attrapant les ciseaux. Parfois, je suis si intelligent que je m'étonne moi-même !

Cléa donna un coup de coude à Azara :

– C'est le moment !

Son amie sortit la lampe de sa poche. Dès qu'elle eut ôté le couvercle, Cléa se précipita vers le minuscule génie et referma la main sur lui.

– Qu'est-ce que tu fais ? protesta Abdoul d'une voix aiguë. Lâche-moi tout de suite !

Sans lui laisser le temps d'avoir recours à la magie, Cléa le fit tomber dans la lampe, et Azara replaça le couvercle.

Les retrouvailles

– Cléa, on a réussi ! s'écria Azara, les yeux brillants. Ton plan a marché !

Abdoul tambourinait de toutes ses forces contre les parois de la lampe, qui s'agitait violemment dans les mains de la princesse.

– Laissez-moi sortir ! Laissez-moi sortir ! Ou vous allez le regretter !

– Tu ne nous fais plus peur ! rétorqua Cléa en riant.

Alertés par le vacarme, les courtisans et les serviteurs affluèrent dans la chambre pour voir ce qui se passait.

Cléa fut soulagée d'apercevoir parmi eux le malheureux serviteur qui avait été transformé en orange. Par chance, il semblait que les sorts du génie avaient cessé d'opérer dès qu'il avait été fait prisonnier.

– Nous voilà enfin délivrés d'Abdoul ! proclama Azara en levant la lampe bien haut au-dessus de sa tête. Courez annoncer la bonne nouvelle dans toute la ville !

Les serviteurs poussèrent des cris de joie et se dispersèrent pour s'acquitter de leur mission.

Puis une foule de courtisans en liesse escorta les deux amies jusqu'aux cachots où était enfermé le père de la princesse.

Les cachots étaient enfouis dans les profondeurs du palais. Mené par Azara, le cortège descendit un interminable escalier en colimaçon et s'engagea dans un couloir sinistre au plafond bas.

À la différence des grandes salles du palais,

si aérées et lumineuses, les sous-sols étaient sombres et sentaient le moisi.

La cellule du sultan était fermée par une lourde porte bardée de fer, percée d'une petite fenêtre grillagée.

Deux courtisans s'avancèrent pour tirer les énormes verrous, et Azara, poussant la porte de tout son poids, se précipita à l'intérieur.

– Ma fille bien-aimée ! s'écria le sultan, étonné et heureux.

Il était pâle, visiblement affaibli par sa longue captivité ; ses habits royaux étaient en loques. La princesse se jeta dans ses bras, tandis que les courtisans s'inclinaient respectueusement.

Cléa assistait à leurs retrouvailles, émue. Tout à coup, elle pensa à ses parents, et fut saisie d'une terrible envie de les revoir. Ils devaient être morts d'inquiétude ! Il était grand temps qu'elle rentre chez elle.

Tandis que le groupe reprenait le chemin de la salle du trône, Azara annonça à son père la capture d'Abdoul.

– C'est grâce à mon amie Cléa, insista-t-elle.

Le sultan se tourna vers Cléa avec un sourire reconnaissant :

– Ma chère enfant, nous ne te remercierons jamais assez. Tu as sauvé notre royaume !

Courtisans et serviteurs lancèrent une salve d'acclamations.

– La lampe d'Abdoul sera enfermée dans le cachot le plus sombre, le plus isolé du palais, déclara le sultan. Et maintenant célébrons cet événement par une fête magnifique ! Qu'on invite tous les habitants de la ville !

Il frappa dans ses mains, et les serviteurs s'éloignèrent joyeusement pour vaquer aux préparatifs.

Cléa attira son amie à l'écart.

– J'aimerais tellement rester à la fête, Azara ! dit-elle. Mais je dois rentrer chez

moi. J'ai l'impression d'être partie depuis une éternité !

– Je comprends ! Encore merci, Cléa, fit la princesse en la serrant affectueusement dans ses bras. Tu vas me manquer. N'oublie pas de revenir me voir !

– C'est promis. Je suis si contente de t'avoir rencontrée ! Au revoir !

Cléa ne savait pas très bien comment elle était censée rentrer chez elle. Or à peine avait-elle dit « au revoir » qu'un tourbillon de vent chaud l'enveloppa.

Comme la première fois, elle ferma les yeux. Comme la première fois, elle fut soudain emportée par une spirale de sable doré… Puis le vent s'apaisa.

Cléa rouvrit les paupières et regarda autour d'elle. Elle était dans sa chambre en haut de la tourelle, dans le château de Tante Clarisse. Et, plus étrange encore, la pendule indiquait 21 heures 05 ; il s'était à peine écoulé cinq minutes depuis qu'elle avait bondi de son lit pour examiner le tapis persan.

La fillette bâilla et se glissa sous sa couette. Avant d'éteindre sa lampe de chevet, elle se pencha vers le tapis persan.

Elle resta bouche bée : le dessin avait changé. La lueur avait disparu au sommet de la montagne. La petite princesse, assise sur son tapis volant, tenait la lampe sur ses genoux, et sa tristesse avait fait place à un sourire radieux.

– Bonne nuit, Azara ! murmura Cléa.

Fin

Si tu as aimé ce livre, tu peux lire d'autres histoires dans la collection

Le château magique

Ecole Jean Leman
4 ave Champagne
Candiac, Qué.
J5R 4W3